Justo a tiempo, Ámbar Dorado

PAULA DANZIGER

Ilustraciones de **Tony Ross**

ALFAGUARA

INFANTIL

Gracias a mis maravillosos consultores: Sheryl Hardin y su absolutamente
extraordinario grupo de segundo grado de 1999-2000, "Los cerebritos", de la
Gullett Elementary School de Austin, Texas
Paula Danziger

ALFAGUARA

Título original: *It's Justin Time, Amber Brown*
© Del texto: 2001, Paula Danziger
© De las ilustraciones: 2001, Tony Ross
Todos los derechos reservados.
Publicado en español con la autorización de G.P. Putnam's Sons, una
división de Penguin Young Readers Group (USA), Inc.

© De esta edición:
2007, Santillana USA Publishing Company, Inc.
2105 NW 86th Avenue
Miami, FL 33122, USA
www.santillanausa.com

Traducción: Enrique Mercado
Edición: Isabel Mendoza

Alfaguara es un sello editorial del **Grupo Santillana**. Éstas son sus
sedes:

ARGENTINA, BOLIVIA, CHILE, COLOMBIA, COSTA RICA, ECUADOR,
EL SALVADOR, ESPAÑA, ESTADOS UNIDOS, GUATEMALA, MÉXICO,
PANAMÁ, PARAGUAY, PERÚ, PUERTO RICO, REPÚBLICA DOMINICANA,
URUGUAY Y VENEZUELA.

Justo a tiempo, Ámbar Dorado
ISBN 10: 1-59820-595-1
ISBN 13: 978-1-59820-595-4

Impreso en Colombia por D'vinni S.A.

10 09 08 07   1 2 3 4 5 6 7 8 9 10

*Para Marc, Laurie y Eliza (que yo quería que
se llamara Ámbar) Brown*
P.D.

Yo, Ámbar Dorado,
soy una niña de seis años
y 364 días. Eso me da mucha emoción.
Estoy tan emocionada
que bailo con mi gorila de peluche.
Él es un gorila de dos años y 364 días.
Me lo regalaron cuando cumplí cuatro.
Mañana, 7 de julio, es nuestro cumpleaños.
El año pasado cumplí seis el 7 de julio.
El año que entra cumpliré ocho el 7 de julio.
Este año cumplo siete el 7 de julio.

Éste es el único día de mi vida
en que mi edad será el mismo número
del día del mes y del mes del año.
Mañana será muy especial.
Es mi cumpleaños *y, además,* mi tía Paz
está de visita aquí en Nueva Jersey.
Mi tía Paz vive en California.
—Gorila, espero que alguien recuerde
que quiero un reloj de cumpleaños.
Yo, Ámbar Dorado, quiero un reloj
más que nada en el mundo.
Yo, Ámbar Dorado, no quiero andar
preguntando "¿Qué hora es?".
Yo, Ámbar Dorado, quiero saber algunas
cosas sin preguntar.
Como los adultos.

Bajo a la cocina.

Mi tía Paz le está pintando el pelo
a mi mamá.

Mi mamá dice que su pelo tiene un
"horrible color dorado Sara Dorado".

Mi tía Paz pone papel de aluminio
en algunos mechones de mi mamá.

Así se hacen los rayos,

pero mi mamá parece

un monstruo de una película de terror.

—Deja de moverte —le dice mi tía Paz.

Mi mamá deja de moverse.

Creo que eso de movernos nos viene de familia.

Mi papá dice que yo, Ámbar Dorado,

soy muy inquieta.

Busco en el refrigerador algo que comer.
Ahí está mi pastel de cumpleaños,
esperando hasta mañana.
Meto el dedo en el merengue del pastel.
Mi mamá, que ni siquiera me está viendo,
dice: —¡Ámbar, no toques el pastel!
Rápido, me chupo el dedo y trato de
emparejar el merengue para que quede liso
otra vez. Tomo una manzana, y cierro el
refrigerador.

—Mamá, tía Paz —les digo—,

creo que sería buena idea

abrir hoy uno de mis regalos.

Yo, Ámbar Dorado, creo que uno debería

abrir un regalo la noche antes de

su cumpleaños, como en Nochebuena.

Las dos dicen que no con la cabeza.

El papel de aluminio cruje en la cabeza de Mamá.

Mi papá entra en la cocina.

Ve la cabeza de mi mamá, se ríe y dice:

—¡Caray! Otra vez esos papelitos.

Ellas sólo lo miran.

Suena el teléfono.

Corro a contestar.

Es mi mejor amigo, Justo Daniels.

—Estaré ahí en tres minutos —dice—.
Llevaré el bate y la pelota.

—¡Muy bien! —cuelgo, y miro el reloj
de pared.

Un minuto. Dos minutos.

Tres minutos. Cuatro minutos.

Me desespero. Me aburre estar aquí,

pero debo saber la hora exacta para

poder decirle a Justo qué tan tarde llegó.

Yo, Ámbar Dorado, trato de ayudar

a mi mejor amigo a ser puntual

ahora que los dos tenemos casi siete años.

—Mamá— digo—, ¿me prestas tu reloj?

Ella y mi tía Paz se miran y sonríen.

Dice que sí con la cabeza y me lo da.

Lo tomo y salgo.

Ocho minutos. Nueve minutos. Diez minutos.

Sé que Justo puede estar en mi casa

en un minuto y 42 segundos.

Tomé el tiempo una vez que fui corriendo

a su casa.

Justo vive en la casa de al lado.

No dejo de mirar el reloj.

El segundero no para de dar vueltas.

El minutero se mueve… muy, muy despacio.

Miro al suelo.

Una oruga sube por mi zapato.

Es más rápida que Justo.

Quizás Justo se cayó en un hoyo en el jardín
y una banda de gusanos lo atrapó.

Seguro lo tienen trabajando para ellos.

Vuelvo a mirar el reloj de mi mamá.
Sé que Justo no es un niño puntual,
pero cada vez llega más tarde.
Quiero jugar béisbol, pero Justo,
la pelota y el bate no están aquí.
La oruga ya casi llega al otro lado de
mi zapato.

Espero hasta que caiga,

y regreso a la cocina.

Mi tía Paz está secándole el pelo a mi mamá.

Mi tía no parece muy contenta.

El pelo de mi mamá es una mezcla

de horrible dorado Sara Dorado

y rayos naranja brillante.

Ahora parece el personaje de una caricatura.

—Ya llegué —dice Justo entrando

en la cocina—. ¿Hay algo de comer?

Miro el reloj, en mi muñeca.

—Dijiste tres minutos, Justo.

Y eso fue hace media hora.

Justo sólo me sonríe.

—Un atardecer llegaste a mí —canta

mi mamá— justo a tiempo tú en mi jardín.

Los adultos le cantan mucho

esa canción a Justo.

—Justo Daniels —le digo con

las manos en la cintura—.

Tú no eres "Justo A. Tiempo".

Eres "Justo Problemas".

Él se encoge de hombros.

Justo se queda mirando el pelo de mi mamá.

—¿Le gusta ese color? Parece una calabaza.

Mi mamá sale corriendo al baño.

—¡Aaaaaaarg! —grita.

—Justo— le digo—, creo que es hora de que
vayamos a jugar béisbol.

—Es más divertido ver a tu mamá —dice él.

—No lo creo —digo.

Miro otra vez el reloj.

¡Es hora de irnos de aquí!

Me quito el reloj y lo dejo en la mesa.

Justo y yo salimos.

Él lanza la pelota y yo le pego duro.

—Justo —le pregunto—, ¿por qué llegaste
tan tarde?

—Sólo llegué unos minutos tarde —dice.

—Treinta y dos minutos y tres cuartos, para
ser exactos.

Yo, Ámbar Dorado, comprendo
que no va a ser fácil hacer que
a mi amigo le importe el tiempo.

—Bueno, a jugar —digo.

—En un minuto —dice Justo.

Entonces, gira muy despacio

y lanza la pelota en cámara lenta.

Me acerco y le bajo la gorra hasta taparle los ojos.

Él se la sube.

—Si quieres, te lanzo un despertador en vez
de la pelota, para que veas volar el tiempo
—le digo riendo.

—¿Sabes qué hace un perro
para saber qué hora es? —pregunta Justo.
Me quedo mirándolo.

—¡Le pregunta a su amo! —ríe.
Es difícil estar enojada con Justo.
Creo que sólo somos diferentes en algunas
cosas.

—¿Y sabes cómo le dicen a un niño
al que no le importa qué hora es?
Me sonríe.
—No *Justo A. Tiempo*... sino Justo Daniels
—yo, Ámbar Dorado, le digo entre risas.
—¿Y sabes cómo le dicen
a la mejor amiga del niño
al que no le importa el tiempo...?
Ámbar Dorado.

Mi mamá nos llama:

—¡A comer! Justo, dice tu mamá
que te puedes quedar a comer con Ámbar.
Entramos corriendo.
Mi mamá tiene
un pañuelo en la cabeza.

—Tu tía Paz y yo vamos a ir al salón de
belleza a arreglar esto.
Mi tía menea la cabeza.

—No entiendo qué pasó. Yo seguí las
instrucciones.

Mi papá está en la cocina.

—Yo me encargaré de la comida.

—¡Sí! ¡Pizza! Pero sin anchoas —gritamos
Justo y yo al mismo tiempo.

¡El día antes de mi cumpleaños es un día
maravilloso!

—¡Feliz cumpleaños, señor Gorila! —digo
al despertar a la mañana siguiente.

El señor Gorila dice:

—¡Feliz cumpleaños, Ámbar!

Claro que sólo finjo, pero parece real.

Yo, Ámbar Dorado, ya tengo siete años.

Mi fiesta será a las cuatro.

Toda la mañana tendré que evitar pensar
en mis regalos, aunque quiera saber qué son.

¡Por fin, se acerca la hora de mi fiesta!

Me pruebo la ropa nueva que mi tía Paz me
trajo de California.

Me asomo a la ventana y veo a mi mamá
y a mi papá; a la tía Paz, al señor y a la
señora Daniels y a Dani.

Hasta Justo ya está aquí: a tiempo.

Le digo a Gorila: —Cruza los dedos para
que me den un reloj.

Gorila ni se mueve.

Bajo corriendo y salgo a mi barbacoa
de cumpleaños.

—¡Qué bonita te ves! —me dice la señora
Daniels.

Justo está detrás de ella haciéndome muecas.
Yo también le hago una.

La comida… ¡está riquísima!
Justo y yo hacemos perros calientes
con salsa de tomate y malvaviscos.

Mi mamá trae el pastel.

Dani también quiere soplar las velitas.

Hoy cumplo siete años.

Ya soy grande, así que dejo que

Dani sople las velitas conmigo.

Al terminar, digo: —Quiero pastel del lado
donde Dani no escupió.

Todos, menos Dani, comemos pastel de ese lado.

Creo que en el próximo cumpleaños de Dani,
su mamá debería hacer un pastel para él
y otro, para los invitados.

—Llegó la hora de los regalos —dice mi papá.

Los pone en la mesa.

Dani me da uno.

Sin desenvolverlo, ya sé que es un bate.

Dani me pide que se lo deje abrir, y yo lo dejo, siempre y cuando no olvide que es mío.

Mi tía Paz me da otro regalo.

—Creí que la ropa era mi regalo —le digo.

—También esto —sonríe.

Lo abro. Es un cochinito despertador.

Me hago a la idea de que es un reloj de pulso.

Escucho el "oinc" del cochinito.

Me volteo para enseñárselo a Justo,
pero no lo veo.

Antes de que pueda preguntar dónde está,

mi papá me da un regalo.

—Creo que ya es HORA de darte esto.

Yo, Ámbar Dorado, creo saber qué es.

No es, para nada, la pelota que va con el bate.

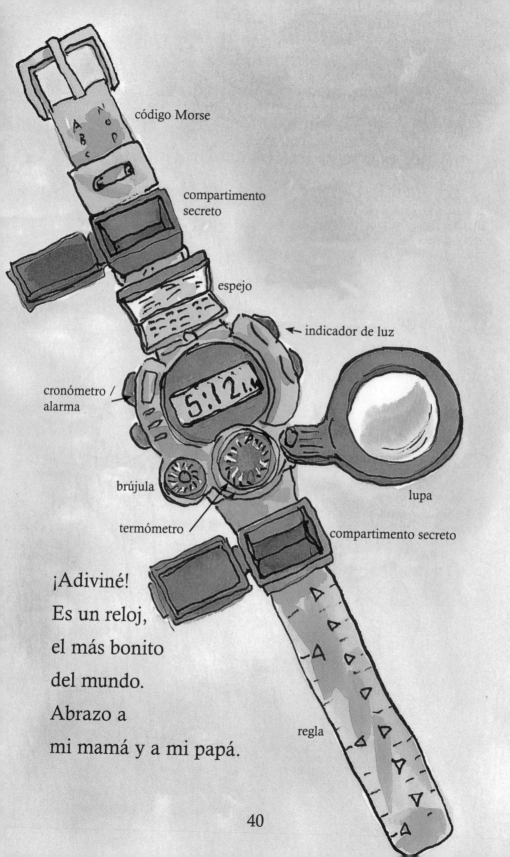

código Morse

compartimento
secreto

espejo

← indicador de luz

cronómetro /
alarma

5:12

brújula

lupa

termómetro

compartimento secreto

¡Adiviné!
Es un reloj,
el más bonito
del mundo.
Abrazo a
mi mamá y a mi papá.

regla

Luego, el señor Daniels dice:

—Alguien me pidió darte esto.

El paquete está mal envuelto. Lo abro rápido.

Es un *walkie-talkie*.

—Aquí está la tarjeta.

El señor Daniels me la da.

Las rosas son rojas

y las viletas, moradas.

Con este walkie-talkie,

¡reiremos a carcajadas!

Justo

—Justo te hizo esta tarjeta ayer —dice
su mamá—.

No me dejó ayudarlo a escribirla bien.

Oigo un "BU" en mi *walkie-talkie.*

Y, luego, la voz de Justo:

—Por eso llegué tarde.

Miro el *walkie-talkie*, sonrío y hablo.

—Gracias... ¿Dónde estás?

—De nada —dice Justo—. Búscame.

Te daré pistas por el *walkie-talkie*.

Aprieto un botón en un lado de mi reloj

para saber cuánto tardo en encontrarlo.

Yo, Ámbar Dorado, he aprendido algo
muy importante en mi cumpleaños.
Mi mejor amigo llega "Justo A. Tiempo"…
y eso está bien.
Y yo, Ámbar Dorado, voy a mi propio ritmo…
y eso también está bien.

Pero, ahora…

estamos listos para divertirnos,

¡al mismo tiempo!